流浪的老狗

张洁 著

人民文学出版社

图书在版编目(CIP)数据

流浪的老狗/张洁著. -- 北京：人民文学出版社,2024
ISBN 978-7-02-018529-0

Ⅰ.①流… Ⅱ.①张… Ⅲ.①随笔-作品集-中国-当代 Ⅳ.①I267.1

中国国家版本馆 CIP 数据核字(2024)第 015350 号

策划编辑　杨　柳
责任编辑　刘　稚
装帧设计　刘　远
责任印制　苏文强

出版发行　人民文学出版社
社　　址　北京市朝内大街 166 号
邮政编码　100705

印　　刷　北京盛通印刷股份有限公司
经　　销　全国新华书店等

字　　数　160 千字
开　　本　880 毫米×1230 毫米　1/32
印　　张　7.25　插页 3
印　　数　1—5000
版　　次　2024 年 3 月北京第 1 版
印　　次　2024 年 3 月第 1 次印刷

书　　号　978-7-02-018529-0
定　　价　68.00 元

如有印装质量问题,请与本社图书销售中心调换。电话:01065233595

张洁　2017 年 4 月

張大虹

流浪的老狗

出版说明

摄影随笔《流浪的老狗》是张洁生前出版的最后一本书,是她多次独自海外旅行的记录,图文相映,轻灵生动,个性十足。

书中照片原图已毁,承兴安先生大力协助,寻得电子图档[1],使我们能够将全书完整地呈现于读者面前,使读者能够随张洁的镜头窥探世界的各个角落。

编　者

---

[1] 仍有个别图片丢失,虽有遗憾,无伤大雅。

一个陌生的人，
来到一个一辈子也不会想到、来到，
而且永远不会再来的陌生之地，
是缘分还是什么？

前　言

　　谁能说摄影不是另一种形态的小说？很多时候，一帧摄影就是一篇言之不尽的小说。

有位西方朋友问我："你喜欢北京的家,还是喜欢美国的家?"

我认真地想了想说："我喜欢流浪。"

他点点头,似乎很理解我这么说的缘由,然后我们沉默。

换了其他人,可能会觉得我矫情。

可谁能打从内里理解他人的人生?

也许这种取向,和我的经历有关。从生下就遇到了战乱,不是寄人篱下就是逃难,母亲和我从来没有家,都是暂时的、苟且的居所。从某一方面来说,这种经历竟也是一个有益的铺垫。

正像样板戏《红灯记》那出京剧里李玉和所说:"有这碗酒垫底,什么样的酒我都能对付。"

言之有理。好比男人劳作的苦工,几乎我都能干:登高爬低、安装电器、修理家具、扛包提篮……全不在话下。至于生活中的苦处:疾病疼痛、忍饥挨饿……即便背着人,我哼都不会哼一声。

直到一九四九年以后,我们总算有了固定的居所,但从小打下的烙印,却无法抠掉了。

谁有力气清除一辈子积攒在灵魂上的灰尘(恶心点儿说是垃圾)?如果有人能够做到,我算服了他。

自一九八二年开始,因为作品被很多国家翻译出版,于是不断被邀请访问那些国家,特别是欧洲的国家。对多国的访问让我眼界顿开,但也感到他们的招待虽然周到,甚至条件优厚、安排有序,各项活动却很正式:正式的会议、着装、宴会、采访、与各种人物的会见……而我是个吊儿郎当的人,自由自在惯了,渐渐地,我开始另寻"活路"。

直到现在,我的英语还是洋泾浜英语。从中学到大学,学的都是俄语,而后又舍不得抽出时间学习英语这种世界通行语。能说两句,也是多次出国耳濡目染的结果。"目染"? ——我的意思是从肢体语言渐进到两句洋泾浜。

不过从小就是愣头青——可是,不愣头青怎么往下活!

有了前面那些出国访问的铺垫,也就个愣头带着一口洋泾浜英语独来独往于各地了。反正我想,实在难得过不去,就去当地警察局,往他们的办公室一坐,说"我需要帮助",然后就赖在那里不走了。

据我观察,那些国家的警察基本敬业。

几年前,应作家祝勇之邀,为他的书写过一个序,说是为祝勇的小说而写,其实是为我自己。

"有人生来似乎就是为了行走,我把这些人称为行者,他们行走,是为了寻找。寻找什么,想来他们自己也未必十分清楚,也许是寻找心之所依,也许是寻找魂之所系。行者趋至巴黎,终于可以坐在拉丁区某个小咖啡馆外的椅子上喝杯咖啡,或终于可以在香榭丽舍大街上走一遭,风马牛不相及。行者与这个世界似乎格格不入,平白的好日子也会觉得心无宁日。只有在行走中,在用自己的脚步叩击大地,就像地质队员用手中的小铁锤探听地下宝藏那样,去探听大地的耳语、呼吸、隐秘的时候,或将自己的瞳孔聚焦于天宇,并力图穿越天宇,去阅读天宇后面那本天书的时候,他的心才会安静下来。对于路上遭遇的种种,他一面行来,一面自问自解,这回答是否定还是肯定,他人不得而知,反正他是乐在其中。不过他是有收获的,他的收获就是一脚踏进了许多人看不见的色彩。"

在独自游走中发现,流浪的最大惬意是谁也不认识我,我也不认识谁,自然也就没有了看我不顺眼的人和我不愿意掺和的事,实在是太太太自在。

奇怪的是,不论在哪个国家,那些说着不同语言的、流浪的野猫都对我格外亲切,只要一声"嗨",它们绝对会走过来向我示好。这也似乎证明,前生我大概就是只流浪的野猫,而"流浪"之好,不过是今生对前生的延续。

这张图片仅是其中之一,那天经过这一处老区,起先没有一只猫崽,突然之间却冒出八只之多。我便自作多情地想,它们是冲我来的。

这个规格的列队欢迎怕是大人物也没有享受过的待遇

我旅行没有特别清晰的目的,只定出一个大方向,然后走到哪儿算哪儿。喜欢乘坐大巴,不但因为便宜,更因为它通常都会绕停靠的小镇一周,这个绕行很好,可以看看该地是否值得游览。如果第一感觉不错,就下车待一宿,既省钱又有更多的机会游览那些没有被大款搅扰的地方。那些地方,既不能购买LV,也不能享用上千英镑一瓶的美酒……但是别有洞天。

至于去过哪里,我自己都想不起来了,太多的小镇、小城——那些旅游者很少涉足的地方。只有一次,在西班牙的龙达,看见两个人在斗牛场外随地扔饮料瓶子,当时很奇怪:难道西班牙人也这么不文明?走近一看,原来是两位服饰相当阔绰的、绝对不是来自台湾的同胞。我汗!

到处流浪的一个副作用,就是午夜梦回,常常有几秒钟时间,不知身在何处。摸摸自己的床,再在黑暗中审视一下家具模糊的影子,想了想,才能知道自己是在哪里,可也没有什么不适的感觉,翻个身接着再睡。

再一个副作用就是:跑野了。总想再次上路,可是年龄不饶人,我已经是七十又五的老人了,腿脚渐觉不便,再不能像过去那样健步如飞,即便小伙子也没有我走得快、走得远。我说,那是你们太依赖汽车的缘故,而我是能不坐汽车就不坐汽车,就像很少参加应景的饭局。人说,不吃白不吃。我说,谁说不吃白不吃?你付出的是你的健康。没有掺毒的食品已经难以找到,而饭馆更不可信,自己加工至少可以尽量减少掺毒的污染。

一

先出示一下我的交通工具。

别以为我多趁钱,可以这样潇洒地游走四方。秀秀我的出行工具,看看我乘坐的大巴、火车以及火车站男女两用的厕所(您看了以后呕吐,我可不负责)、购买车票的地点,您就明白我是如何旅行的了。

每次购买车票,哪怕在不同的国家,售票员都不等我发话,便撕一张三等车的车票给我,想必我那身"行头",不用问就知道是坐三等车的人。或许这就是在小偷盛行的地方,我也没有丢过一次东西的原因。可也是,人家为什么要偷一个看上去比自己还穷的人呢?倒是在北京,我被人掏过三次包。

我乘过的大巴

我乘过的火车

我常去的华沙火车站

华沙火车站的厕所

鸽子，我的旅伴

我也从来不住五星饭店,一是没钱,二是因为五星饭店的风格都差不多,奢侈而已。再说参加会议时可以住,且由主办方开销——当然,绝对不是咱们国家召开的会议,咱们国家在五星级饭店召开的会议,人家也不会让我参加。

不用自己掏钱住的五星酒店

我已经太老,睡眠不算太好,无法像年轻人那样,落脚在几个人一间的青年旅社,任凭四周吵闹也能安然入睡。那么,如何保证第二天的行程继续?

只能背个背包边走边选,见到可意的旅店就进。好在欧洲的小镇很小,对我这个喜欢步行的人来说绝对没问题。订房之前,店主还可以应你的请求,让你看看房间的格局,如果满意,还可以讨价还价。

这种办法,为我的旅行增添了不少意外的乐趣。

比如,在某个小镇的某个小旅店,有位每天早餐吃得足够我一天食量的苏联女人娜塔丽,她的曾祖父竟然和那个时代最杰出的作家屠格涅夫等人,是一个圈子里的人!她斩钉截铁地对我说:苏联没有文学。

那么,索尔仁尼琴的《古拉格群岛》,帕斯捷尔纳克的《日瓦戈医生》呢?我问。

她说,那是政治,不是文学。

回首一望,不能不承认娜塔丽言之有理。中学时狂热崇拜过,并深受其思想影响的《卓娅和舒拉的故事》《钢铁是怎样炼成的》,不就是为一种理想服务的教科书?

为写《灵魂是用来流浪的》那部小说,我在六十九岁高龄,登上秘鲁四千三百米的高原,去寻找原住地的居民,以了解印加文化。其实我应该选择墨西哥,之所以选择秘鲁,是因为那是一个相对贫困的地方,更容易找到印加人的原住地。

又特地到了西班牙入侵秘鲁的第一位将领皮萨罗的故乡Trujillo(特鲁西罗)小城。自古以来当地人多在军中供职,我居然在那里找到一个很特别的小旅店,它由一个自六百多年前至今都在军中服务的老家族的老屋改建而成。

古老的房子巨大,如今一部分改为饭店,一部分改为咖啡屋,一部分改为小旅店,可想而知当年的气势。

那旅店就像一个小小的军事博物馆,每个角落里都摆放着祖先使用过的远征军的箱子、盔甲、长矛、剑戟和现代的武器。只是我客房外立着的那个比一人还高的全套盔甲,晚上看起来有点吓人。

墙上挂着二战时期一位空军前辈被领袖接见的照片,以及当下在军中服役的亲属被领袖接见的照片……小旅店内这些难得一见的旧物,我一一拍了照片。痛心的是,我在秘鲁和西班牙采风的照片全部丢失。

我虽然不追随时尚,但追随电脑,三两年就得换一台,现任电脑是Apple Air。那些资料肯定在新旧电脑的多次转存中不小心丢失了——这事不能提,提起来就无比痛心。因为我去的一些地方是一般旅游者不会去的,比如海拔四千三百米的印加人原住村落。

入住时,单人间只需二十四欧元。店主声称手上没零钱找回我那五十欧元"大票",第二天才能找还给我,且没有写下欠条。可第二天早上,我一打开房门,只见找回的钱,按面值及钢镚儿大小,一字排开地列队门前……这大概算是老家族和暴发户一个小小的区别吧。

到达De La Frontera小镇时间已晚,跑了几家旅馆都被告知没有床位,而长途汽车站的问询处已经下班,想要寻求帮助也找不到人。看看长途汽车站外的长椅,虽然我不在意在那上面过夜,可是正值盛夏,蚊子多得咬死人。怎么办?看来只好去警察局了。这时我突然听见近旁有人说英语,虽然发音奇特,但确是英语无疑,赶忙跑过去求救,看他能否帮我找到一个住处。他说,正好他的朋友刚刚买了一套公寓,可以为我提供住宿,一夜二十五欧元。我已顾不上讨价还价,马上跟他走人。

后来有朋友说,你不害怕吗?我说,有什么可怕的,我这个看上去再穷不过的老太太,情况再坏能坏到哪儿去?

他的女性朋友(不是女朋友)也很热情,马上为我腾出一个房间,他们两人则住到一个房间去了。

在此我要特别说明的是,在西方,如果二人不是情人关系,就是住在一个房间,也不会发生什么问题。我很羡慕这种界限分明的关系。而在咱们这里,且不说这两人之间会有什么事情发生,旁人也会为他们演绎出色香俱全的故事。

他们告诉我,第二天一早他们就要返回马德里,我走时只需把钥匙放在桌上,房门关上就行。

等他们离开,我才好去洗澡,刚一进洗澡间,就发现一枚钻戒放在洗脸池边,我立马追到走廊,好在他们刚刚走到天井,我大呼小叫让他们回来。女主人回转来拿回钻戒,让她会说英语的男性朋友告诉我,那是她祖母留给她的。之后西班牙语的无穷无尽的感谢话说了很久,不知她那担任翻译的男性朋友累不累。

但不久,我就尝到了我和她之间语言不通的痛苦。

离开公寓时我才发现,钥匙不能留在桌上,因为公寓大门还须这把钥匙才能开启——为安全起见,公寓大门平时是锁着的。

我只好带着这把钥匙来到马德里,然后给这位女士打电话,问她的地址,以便把钥匙送过去。可是她连一个英文数字都听不懂,更别说告诉我她的地址。我大声地一字字地重复我的话,也无法让她明白我说的是什么。直到管电话的人出来干涉,说是我影响了其他人上网。真不好意思!

于是只好打国际长途,请懂西班牙语的女儿与她通话……可她和她的男性朋友真是好心人。

顺便说一句,那个小镇上的西班牙海鲜饭真好吃。绝不是因为"惊艳"才这么说,又不是第一次吃它,"比较度"早已明晰在心。

最现眼的是有天走累了,恰好途经地处小镇边缘的小教堂,微风吹拂,树影婆娑,教堂外还有一长桌……放眼四周,很长时间无人经过,好一个午休之所,便肆无忌惮地躺在那长桌上睡了过去。忽然惊梦,睁眼一看,一队旅游团正熙熙攘攘挨着我的"睡榻"走过。我只得继续装睡,待他们走过,赶紧坐起,溜之乎也。尽管人家没见到我的庐山真面目,那也够现眼的。

二　如此轻而易举的见异思迁

二〇一二年十一月,应意大利托斯卡纳大区之邀,前去领取有各界精英参与、颁发的"论坛奖",回程在比萨转机。

在比萨负责接待我的,是比萨大学一位研究神学的教授。

其实巴掌大的一块地方,又是第二次去到那里,根本不需要接待,只能说是主办方的热情,并再次体会到"绝对不能旧地重游"这一"真理"。

与二十多年前的宁静相比,这时的比萨到处是高腔大嗓、惊得鸡飞狗跳、惹人频频侧目的某国人——哪国人?你懂的。还有满世界的地摊。

这位教授一再向我推荐那些大大小小、哪怕藏在小巷里的教堂,我也一再声明我不信仰任何宗教,他说这是文化。我说,文化的内容很多,而我没有选择宗教这一门科。他的意大利式英语,听得我耳朵嗡嗡作响,耳根生疼,可是他的热情实在让人难以拒绝。最后,还要参观一个博物馆。进馆之前,我说:"请问这是一个艺术博物馆还是宗教博物馆,如果是后者,对不起,我不进去了。"

他回答说:"是艺术博物馆。"

我将信将疑地跟他走了进去,一看,全是有关宗教的绘画和雕塑,说到底还是一个宗教博物馆。我只好往展厅里的椅子上一坐,说:"对不起,我的心脏病好像发作了,我得马上吃药。"

他说:"我家里有治疗心脏病的药。"

我说:"不行,我一定得吃中药,现在我就得回旅馆。"

"你没把药带在身上吗?"

"没有。"

"噢——我还准备了丰盛的晚餐,晚餐后还希望你在我们家留宿呢。"

那一会儿我着实佩服自己,平时笨嘴拙舌,怎么就能立马撒出这么一个天衣无缝的谎?又幸亏我自己租了旅馆,不然我当天晚上就得听他一夜的布道,搁谁身上都得发疯。

与教堂的关系相当曲折,年轻时或因慕名,或因"到此一游"的心理,非去不可地到过那些浪漫的大都市,以及那些著名的大教堂:巴黎圣母院、科隆大教堂、赫尔辛基的岩石教堂、维也纳的圣斯特凡教堂……后来不知怎么变成了拒绝,不但过门不入,就连那些宗教绘画,都一并拒绝了。

更喜欢的是小镇上那些毫无说头的小教堂。

阿拉巴拉巴马的小教堂

021

托斯卡纳一小镇的教堂

La Palma 的小教堂

西班牙海岛上的小教堂

海边的小教堂

破败的小教堂

虽然本人不曾皈依任何宗教,甚至对宗教充满怀疑,但坐在那清寂无人、名不见经传的小教堂里,却有一种魂归故里的感觉。

有的教堂,我相信除了我没有国人去过,以后也不会有。因为那地方如果没有"地头蛇"的指引,外乡人是找不到的。

我也不知道这种变化的原因,很可能是我的矫情,也很可能是"够了"——如此轻易的见异思迁!

一九八九年去卡普里接受马拉巴蒂(Malaparte)国际文学奖,历届获奖者都是我应该仰视的作家,所以当我接到那个通知时,真有些不敢相信。

该奖历年得主为:

一九八三年　安东尼·博尔赫斯

一九八四年　索尔·贝娄

一九八五年　南丁·戈迪玛

一九八六年　马纽·普依戈

一九八七年　约翰·里·卡累

一九八八年　瓦西里·伊斯堪德尔

一九八九年　张洁

博尔赫斯是我最喜欢的南美作家,我认为比那位马尔克斯实在好得太多。这是无可比拟的两个作家,好比大排档与精品屋,有可比基数吗?

授奖委员会招待周到，带我旅游了卡普里周边诸多名胜古迹，包括庞贝。那时的庞贝，没有几个游人，又是下午时光，曾经的"死城"氛围还真有些瘆人。

1989年，庞贝

二〇〇六年重返庞贝。两张不同年代的照片,无情地演绎了"物是人非事事休",谁还忍心回去呢?

2006年,庞贝,物是人非

也许世界真的改变许多,更多的人有能力旅游了,曾经寥落的庞贝也变得拥挤不堪,但也失去了它特殊的着眼点。

又比如巴黎,奇怪的是我一点也不喜欢巴黎,纵有千般好,跟我一点也搭不上关系,我以为,法国的南方小镇才更合我的意趣。

也去过西班牙,但绝对不去巴塞罗那,那里睁眼闭眼都是高迪,而我一点也不喜欢高迪……不是人家不好,而是个人口味问题。

又比如佛罗伦萨,当然还有个更浪漫的译名:翡冷翠。不就是那座桥和桥边挂满了同心锁的铜柱吗,那是年轻人的寄托。

既然去了,只好找找对我来说有点意思,而又游人不多的地方。看那柱子上的蜥蜴,柱子上的文字我一个也不认识,难道那是魔咒?有人注意过它吗?

当然,有些时候因为贪便宜、"不去白不去"的心理,或是某种迁就,不喜欢去但也去了。

趴着蜥蜴的柱子

三

真不能相信,这么美丽、深不过膝的小湖,竟然淹死过一个六岁的男孩!自那之后他的父母痛苦得难以度日,最后离异,因为他们在一起就想到没有对儿子尽到责任的愧疚而不能自拔。

洗尽铅华

可这几个哥们儿，似乎不知道湖里曾经发生过什么。成天游手好闲地游来游去，没人敢招惹它们，更别说把它们逮起来吃了。这还不说，有一只每次都会脱离它那几个哥们儿，游回来跟我叫板。就是有绿色颈羽的这只，这家伙好像特别好斗。我都认识它了，想必它也认识我了。

它们的字典里有"安全感"这个词儿吗？

游手好闲的鸭子们

与我叫板的鸭子

四　米兰的"黄牛"

米兰的时装秀对我毫无吸引力,却不可不去拉·斯卡拉歌剧院看一场歌剧。当然还有《最后的晚餐》那幅画——后面有机会我会说到,如何当场看到了几个月前就得预订的那幅画。

同样,拉·斯卡拉歌剧院的票很不好买,作为一个过客,尤其难以得手。我早早去歌剧院买票,意料之中已然卖光。无奈四顾,居然发现了"黄牛"!立马心动过速,即刻与一"黄牛"套上近乎,无非是希望他不要宰得太狠。谈来谈去,"黄牛"不是不可通融,但他手中仅有包厢票,不论怎样让步,票价还是太高。我承受不起,只好讪讪离去。

米兰拉·斯卡拉歌剧院二楼大厅

米兰拉·斯卡拉歌剧院

晚上再去歌剧院碰运气,希望遇到退票的人,可是没有。说的也是,谁舍得撒手这样难得的票?

一抬眼,竟然看到上午见过的那位"黄牛",他讪讪地对我笑笑,显然手中的票没有全部出手。于是我们再次互套近乎,票价当然比上午便宜,对我来说还是过于昂贵。可是想到第二天就要去COMO,之后的路线不会再来米兰,只好忍痛买了他的包厢票。

所谓包厢,其实是在五楼,效果还不如池座,只是聊胜于无。但作为吹牛,可就足够了——"我在拉·斯卡拉歌剧院听歌剧,坐的是包厢。"——那确实是包厢,谁能说不是?

上演的剧目是由肖邦钢琴曲编排的芭蕾舞剧《茶花女》。

米兰最让我留恋的是它的咖啡卡布奇诺,随便走进一家,都让人口舌生香。三个多欧元一杯,还附带赠送几个小小的意大利"汉堡"或三明治,虽然它们小得像大衣上的扣子,但里面的夹料让人难忘。对饭量不大的女人来说,就是一顿小餐了。

我终于明白,为什么意大利人喜欢站在吧台上喝咖啡了,原来站位不收服务费。如果您像我一样不趁很多钱,而又喜欢旅行的话,请注意这个细节。当然您如果很趁钱,就不用锱铢必较了。比如在佛罗伦萨那个最著名的咖啡店,买杯卡布奇诺,也就是三四个欧元,可是一坐下来,就是近十个欧元了。

米兰最老的咖啡店 Rosanna Mambretti 久负盛名,人满为患。橱窗内所有陈列均为甜品,用巧克力制作。只是玻璃反光,看起来很模糊。不过透过玻璃橱窗,隐约可见墙上的字号招牌。

米兰最老的咖啡店 Rosanna Mambretti

在意大利小镇Castelnuovo(卡斯特努沃)逗留期间,小镇上的那家咖啡店虽无法与米兰的Rosanna Mambretti比美,但咖啡的口感也不错,九毛九一杯,挺大,不是喝Espresso那种小得像国人喝白酒用的杯。每天早上来两杯,还觉得不过瘾。而且那个店的女服务员帮我找到了可以上网的小店,不然我真就无法与世界沟通了。

Castelnuovo咖啡店店员。多亏她帮我找到可以上网的小店,不然我真就无法与世界沟通了

Castelnuovo 咖啡店

我想念意大利的卡布奇诺,非常,非常。在走过的所有国家中(欧洲除了冰岛没去过,有些国家超过十次往返),没有一处的卡布奇诺赶得上意大利的醇美。一位意大利朋友告诉我,卡布奇诺对奶油的要求很特别、很严格,如果没有那个金刚钻儿,您就是揽下那瓷器活儿,也只能是东施效颦了。

五

东边日出西边雨,道是无晴却有晴?

是那些守候在海边的海鸥吗?

大部分船上都载着历史。

有晴无晴

你看见列队的海鸥了吗？

六

图片是某个所谓贵族学校的几处校舍。一栋栋校舍靠的是学生家长捐赠,他们出手慷慨,除了支持教育的目的之外,就是这些钱可以不缴税——换了谁也会这么干。

在这所学校里,女学生绝对不可穿着暴露——听起来怎么比我们还封建、保守?呵呵呵!男学生必须穿着半正式的长裤,衬衣或有翻领的T恤,这说的是夏装……至于回家后,你爱怎么着就怎么着,学校就管不着了。

学校要求学生必须遵循上流社会的各项礼仪。

校舍

校舎

校舎

参观那天，同来的一位妇女走在我的前面，当她正要进入教学楼时，后面一个男生快步走上前去，为她打开了教学楼的大门。陪同的人介绍说，那位男生是杜邦家族的孩子。我以为这种家庭的孩子，怎么也得说个"我爸爸是杜邦"。其实在这所学校里，很多学生可以比"我爸爸是李刚"还李刚，可他们以这样说为耻辱……

还看了一场美式足球赛，12号是队长，上次比赛摔断了腿，这次不能上去拼个"你死我活"，就拄着双拐在场外站完四场。两队赛前唱国歌的场面因赤诚而动人……这些也该算是上流社会的礼仪吧。

美式足球赛

七

阿拉巴拉巴马的房子很有特点,开门就是街道,没有任何"前奏",也没有前厅之类的分界,所谓开门见街是也。我租住的旅馆也是如此,我很不习惯,觉得没有隐私或安全感。

有点小建议,如果去阿拉巴拉巴马旅行,不必在那里住下,值得一看的地区(也就是图片中的建筑)很小,一天足够。但有间咖啡屋的厕所,是我见过的染色最为清新、不像厕所的厕所。

当然,如果想住住开设在这种房子里的旅馆,一夜也就够了。屋顶如外部情况一样,保持拱形,可以看见垒顶的片石。

阿拉巴拉巴马旅店的客房

颜色清新的厕所

阿拉巴拉巴马的房子

阿拉巴拉巴马的房子

八

不知这是否人类的恶习,什么东西看久了就会产生审美疲劳,甚至生厌,哪怕是两情之间。尽管常态之下双方本意并非如此,也并非某方见异思迁,可事实却如此无情,让人不得不面对誓言与食言之差的尴尬。小至在下对任何节日的厌倦,哪怕是最传统的大节,比如春节、圣诞节,更别提妖魔鬼怪泛滥的美国万圣节。可这恶习也给人以警示,为避免这种遗憾,人们只得另辟蹊径。大至当代人对婚姻形式的思考;尤其艺术上的思辨更加凸显……

南瓜小摆设

被人捷足先登的小南瓜

那日在一户人家看到另一种庆祝万圣节的小摆设，此外再没有万圣节盛行的其他妖魔鬼怪。这当然算不得艺术创作，不过像是一家盛名在外的饭馆，突然换了菜单，从前就是再好，也就是那几道招牌菜，去过几次也就没了胃口……还有他们的儿子，将所有男人的鞋（父亲、朋友、兄弟）摆放在后门柜子上展示，可以说是别出心裁。那些鞋子每双都在四十三码以上，似乎是可以乘行的小船。

当然我不能保证，当这种摆设再次出现的时候，我仍然有兴趣将它们拍摄下来。

他们摆在门外的南瓜，也是小小的一个。这不是应付差事吗！可有人还不凑趣，离万圣节还有两周，就急不可待地先咬上了一口。

九

这些鲜花,是献给我敬重的女人们的。

尊重女人,不一定是我们情爱的某个女人,有些女人虽然不是我们的情人,但她们的作为让人起敬。因为她们成功的金字塔,不曾靠任何手段上位,而是靠自己一砖一瓦垒筑的。

当然也送给那些在旅途中帮助过我的女人,那些根本不相识,而且永远不会再见的女人,她们的慷慨相助,让我深为感动。

有一次在华沙乘电车,以为像乘公共汽车那样,可以在司机那里买票,谁知他说没有票,我不知是否应该及时下车,找到卖票的地方,买票之后再重新乘车。这时一位会说英语的女士,给了我一张二十四小时内可转乘任何车的车票。我坚持要给她钱,她坚决

献给女人的花

不收。她对我说,前些年她和丈夫一起去台湾旅行,丈夫却不幸在旅途中亡故,很多台湾人给了她温暖,也给了她帮助……她还留下了她的电话号码,说我如果需要什么帮助,就给她打电话。

我赶忙留下我的E-mail地址,希望她哪天去北京旅行,一定通知我,也给我一个尽地主之谊的机会。我请她留下了名字:Teresa。

见识过一个小城的汽车总站,乱到"无从下手"的地步,转了几个圈也没找到问询处,更找不到去下一站的汽车和站台。问谁,谁也是一耸肩、一摊手,不懂我在说什么。又是一位会讲英语的妇女,不但带我找到问询处,还替我问清楚去下一站的站台、各个车次出发的时间、车费,并一一为我写在纸上,然后才带着她那三岁的可爱而又有点害羞的儿子离开。我后悔自己的犹豫,总不好意思提出给帮助我的那些人拍张照片。

紫色的小花

她离开之后，我又到发车站台实地考察。十点即将开出的大巴的司机汤姆斯，就站在那里等着发车。他讲英语，对我说，这里上午有两趟车，他开的是十点那趟车。我说，我恰巧要坐十点的车，然后和他确认了乘车的日期。

还有当我付款后，忘记取走自己的信用卡时，那位为我保存了许久的大巴售票员……我无法想象，如果发生在国内，情况又将如何？

还有，还有……

据说很多女人喜欢紫罗兰色，按照星相（？）的说法，喜欢这种颜色的人非常浪漫。浪漫这种东西在吟诗作赋时可能多多益善，真要是用于其他方面，可能会让人赔得血本无归。

而有些女人则让人心疼，以为那个男人对她的爱是一生一世的爱，于是将自己的一条命作为报答。下场呢？不说了。送些花算是安慰吧。

紫色的小花

十

这个名不见经传的小车站,曾经是个驿站,那栋小楼当年是驿站的旅店,如今已改为公寓出租。

小车站全景

小车站全景图片,从结构来说,没什么太大的意思,只是天公助我,给了这毫无特色的图片一束奇特的光线,像是光谱分析,应该算是一份意外的礼物。上中学的时候,从课本上得知太阳的光谱非常复杂,不仅仅是我们看到的那样。那时有些物理、化学课程老师可以通过实验,来证实他们的讲授,而太阳光谱这一课,似乎难以做到。这张图片,算是补上了中学的实验课。随着科学技术手段的发展,也许现在可以做这种实验了也未可知。

候车室

站台

除了歇脚的椅子,站台上还有冬天供暖、夏天供冷的小候车室。

还有三个分类的垃圾筒,此外并不见有人打扫,车站却干净得一尘不染,地上不见一个空饮料瓶、一张包装纸、一块口香糖残迹……

如此干净的车站,让我想起某地方领导说他们那里"干净得像狗舔过的一样"。听他这么打比方,我心里很疼,因为我爱动物,不然我不会自比"流浪的老狗"。

我说领导,看看这个小车站,您能不能打点别的比方?

十一

最喜欢色彩丰富的秋天,一瞬间的灿烂绚丽,一瞬间的永不回头、转瞬即逝,就集中在不长的日子里。

那拼却全力的最后一跃,既让人享尽人间营造不出的美色,又让人感慨万千,但愿来年再能相见。

落叶

秋天

十二　洛克菲勒家的"石磨坊"

洛克菲勒家族的事不用多说,大约世人皆知。

"石磨坊"(Stone Barns)也就是洛克菲勒农场,从前是他们家族的地产,若干年前捐赠给纽约州作为州立公园和农场。

由于景色幽美(所以不少人在这里举办婚礼或是开party)、倡导健康生活,附近铁路大亨、钢铁大亨的庄园,都不及这个农场人气高。当年这一带就像纽约的乡下,大亨们大都就近在这里选择一块地,作为行宫。

农场种植的是有机农作物,附近的学校,特别是小学的老师,有时会带学生(还有家长带着孩子)到这里做直观"教学",看看如何养殖牛、猪、羊、鸡、蜜蜂……以及如何种植农作物。有时孩子们还小小地实习一会儿。

居然还能见到这样老的农机

农场侧门

农场一角

农场小卖部

那些蜜蜂的蜂房,被漆成各种颜色,以便于居住在里面的蜜蜂回返自己的寓所。蜜蜂养殖区的围栏,也做成六角形,算是对蜜蜂的人文关怀,可谁知道那些蜜蜂对这关怀在意不在意呢。

农场距离纽约车程几十分钟,对于闷在高楼大厦里的纽约人来说,是一个方便的假日放松、休息之地——如果不想做长途旅行的话。

何况附近的小镇睡谷,就是"无头骑士"那个故事的发源地,作家华盛顿·欧文的故居也在这里,对没有长久历史的美国人来说,就算是名胜古迹了。

还可以在农场附设的饭馆尝尝他们的有机菜肴。食材全部来自农场的当季产品,所以菜单上的菜肴品种不是很多,但味美价高,如想就餐,须在一个月前登记等候。

对于那些常来常往的人,可以选择经济实惠的咖啡屋就餐。所谓咖啡屋,不只经营咖啡、甜点,还有其他饮料和食物,自然也都是有机食品。价格比北京的星巴克便宜,品种也不少,一个人十块钱足够,绝对物超所值。餐巾纸和糖粉就放在室外,没人往兜里装。记得有一次在北京星巴克喝咖啡,店员递给我的是由他调好的咖啡,也就是说放多少糖和奶油,由店员决定,而不是顾客。我问:"您不知道众口难调吗?"他回答说:"不敢放在外面由人自取,不一会儿就什么都没了。"

理解。不过再也不去就是了。

农场咖啡屋

农场的饭馆和厨房外景

农场门票象征性地收取五元。说是象征性的,是因为在这个农场就业的工作人员相当多,且多是高学历,工资怕是不低,还有维持这个农场的一应费用……五块钱的门票,显然就是象征性的。

农场在丘陵地上起伏着已经有年头了,难免这里的围栏朽了,那里的小门塌了,为保持原始状态,那些豁口也就敞开着,当地人也就从各个豁口随意进出,就像进出自家的后院,连门票都省了。

还有一点要说的是,这里的小卖部、饭馆、农产品市场、咖啡屋,都可以用信用卡付款,不像有些商店、理发店等,只收现金和支票。人家没那么小家子气,不靠偷税漏税赚钱。

照片上的小狗,对我的感情似乎有些特殊,我刚在沙发上落座,它就立马跳上来偎依在我的怀里,再不愿离开。是啊,谁让我是条老狗呢。

洛家的小狗

十三

曾经以为,一就是一,二就是二——这里说的不是数字。书本上的知识,在现实生活中屡屡碰壁,好比说,最靠谱的事却未必靠谱,说不定还是弥天大谎,而指天发誓的誓言也不一定兑现……慢慢地就懂得了,不仅要多角度看问题,还得衡量再三。最后闹得事事都得前后左右地测量一下,还成了习惯,是不是恶习还真不好说。

后面两张图片,拍自同一地方。远看是风景,近看就成了历史,还是挺沧桑的历史。但是两种景况各有千秋,我倒是更喜欢"真相",因为一定有故事。

远与近的辩证

十四

去欧洲旅行的人,更多的可能是对那些有说道的大型建筑兴趣有加,少有人会对残破的老房子发生兴趣。

和北京老四合院的居民一样,对这些老房子,欧洲人的感情也是复杂的。

四合院从文化传统、氛围、空间独立、闹中取静等方面来说虽好,可越来越多的老四合院被拆除,人们愿意不愿意都得渐渐搬离,选择了有上下水管道、煤气、独立厕所的公寓。

同样,欧洲人当然知道老房子和新公寓的好歹,可还是禁不住搬离那些从生活角度来说极为不便的老房子。

老房子

老房子

老房子

老房子

那些败破的老房子虽然被人遗弃,但依旧我自岿然不动地立在那里,这是因为西方的老建筑,大多由巨石建成。要想等到那些巨石粉身碎骨,谁能熬得过呢?

咱们的老房子熬到这个岁数,可就该"粉身碎骨"了——据说(只能据说,俺没上过清华)老早以前,清华大学的建筑系叫作土木工程系,因为我们的建筑用材多为土木,故此而名。就连皇宫的建筑用材也是如此,这样的建材自然难以长久,大家一定记得,老建筑的维修,是我们周围长年不断的一道风景……

记得不止一次和朋友讨论,对社会的某些变化如何界定?比如这种迁移,是社会的"进步",还是"发展",还是"变化"?又比如E时代的到来,在我们得到许多便利的同时,又失去了什么……所以她不认为这是进步或发展,只能说是变化。说得是啊,人家念的是人类学。

……有人却反其道而行之。在欧洲一个小镇,遇到一个英国人和他的荷兰太太,他们就买了一套被人遗弃的老房子,经过改建,有了上下水道、厕所、煤电供应,总之,一切方便的生活设施,应有尽有。不好问人家费用多少,但从英国人的节俭习性猜想,不论购房还是修建都不会很靡费。

当我在那个小镇停下的时候,全镇大概只有我一个中国人,就变成了注意的焦点,有一天在路上与他们相遇,他们便停下脚步与我交谈,似乎有点投缘,便请我去家里做客。

没想到是吃晚饭，而他们事先又没告诉我，我也就没带礼物，于是推说已经吃过晚饭。真是吃过了，幸亏吃过了，不然那么点牛排够谁吃？连他们自己家人都不够。

他们买下这房子的时候，就像外墙挂满野花的这栋一样破旧。

破旧的老房子

铺在路边的老瓷砖

还有人把那些老瓷砖,铺在了路边的墙根儿上……

可是经他们改建过的破房子真叫好,在那由巨石建筑的"洞穴"里,冬暖夏凉且不说,实在是太、太、太有味道了。什么味道,我也说不清,就是王八看绿豆——对眼。

如果没有那对夫妇的邀请,我永远不会知道那种破房子里面的情景,这倒好,从此让我念念不忘。

旅途上看到的老破房子可真不少,而且全都空无一人。每栋都让我生出非分之想:要是我现在三十岁,拼了命也得买一栋。

三十岁,多好的年龄段,它还有多大劲儿任我折腾,又有多少条道儿供我选择!

可一想到中国护照申请签证之步步维艰,居然还想在他国买房,不是天方夜谭、异想天开又是什么……

就算我现在三十岁又能怎么着?想得个美,他奶奶的!

当然,海滩上的这栋也不错,住在这里的人好酷!

礁石上的房子

悬在海上的房子

还有立在海崖上、极具西班牙风格的这种房子。

艺术家的房子

再看看这位意大利著名雕刻艺术家的房子,和大款的豪宅没法相比,叮人家留在世上的不是房子。

居然有人这样居住

　　奇怪的是从来没有羡慕过豪宅,哪怕不是暴发户的,而是欧洲老家族那些真正的豪宅。别说没钱,即便有钱也绝对不买。有病是不是?

十五　普利茅斯"分号"

除了三明治、烤火鸡算是美国的传统食品,美国本土的菜式可说者无几,简陋、没有吃头。

马萨诸塞州的Cape Cod(鳕鱼角)附近,有个小镇就叫"Sand-wich"(三明治)。小镇的很多店面上,都可以看到一个大大的三明治图案,真够夸张。

又说了,什么算是美国本土？是啊,什么算是他们的"本土"？

可是开放的国门,不但为美国引进了旺盛活跃的生命力和创造力、高端技术人才,也引进了几乎世界各国的美食……特别是在纽约,不论你来自哪个国家,都可以找到自己家乡的口味。

从生物学的角度而言,杂交是物种发展的手段之一,杂交后的品种具有适应性强、生长周期短、再生能力强、成活率高等优点,这些原理同样适用于社会的发展。

还不赶快想想:为什么闭关自守是清廷被灭的原因之一。

美国人算是恋旧,直到如今,仍然在十一月第四个星期四,全民上下共享烤火鸡,那是他们的感恩节大餐。

当然,回顾美国历史,"感恩"之说,真假难辨,但源头的确来自"感恩"。

一六二〇年九月,英国人乘"五月花号"从普利茅斯出发,两个月后在如今的马萨诸塞州登陆,那个登陆点后来也被命名为普利茅斯。在美国,可以找到不少来自其他国家的地名"分号"。

初到一个陌生之地,贫穷、饥饿、寒冷、疾病……使这些英国移民难以生存,一百多人到第二年只剩下五十多人。幸好有个印第安人来到此地,教会了他们种植玉米、养殖火鸡,从此他们有了活路,这就是直到现在,烤火鸡还是美国国菜的缘由。

普利茅斯港附近的Cape Cod,还保留着登陆时的不少建筑,这些建筑的风格非常明显。

当年第一家交易所

当年第一家银行

老船坞旁看守人的小屋

那座有个男人站在外面的房子,就是当年第一个交易所,现在已经改为问讯处。对比一下男人与房子的高度,便可见当时人的身材着实矮小。上世纪八十年代,曾在英国探访勃朗特姐妹的故居,她们当年穿过的衣服,作为文物还留在那里,尺寸小得像是当今十岁左右孩子的服装。

Cape Cod还保留着当年登陆后的第一家银行,当然都是重新油漆粉刷过的。

还有某个码头上监管码头的小屋,现在已然空无一人,不过我怀疑它不是最早的建筑。

美国东部有种比较有名的叫作Cape Cod的薯片,就产自这里,包装上印有普利茅斯"分号"上那个大大的灯塔。

出去旅行,尽量不住在朋友家,哪怕是好朋友,说到底对人对己都不方便。

旅途中多选择物美价廉、风格各异的旅店落脚,当然有时因为好奇,也住过对我来说比较昂贵的旅馆,比如意大利锡耶纳那个由修道院改建的旅馆。不太喜欢,不是因为昂贵,而是窗子太窄、太高,如果想往窗外看看,先得登上一个不低的台阶。

虽是一个台阶,但对心理还是一个隐蔽的障碍。不禁想到,这也许是帮助修士排除世俗干扰的一个小小的设计。

我在Cape Cod没有住旅店,租住的是老房子,房主的情况不了解,但是房子内有很多"老东西",从那些东西就能猜出,这一带与海的关系密切,台灯上的装饰,都与海和船有关。我没好意思拍摄房主的老箱子,上面刻有各种海船,就是这些拍摄,还不知算不算侵犯人家的隐私?

很想试试那部老电话还能不能使。

还有用于室外照明的鱼灯和后院的花,都是很家常的东西,与住店的感受很不相同。

租房外的照明灯

租房中的老椅子和灯

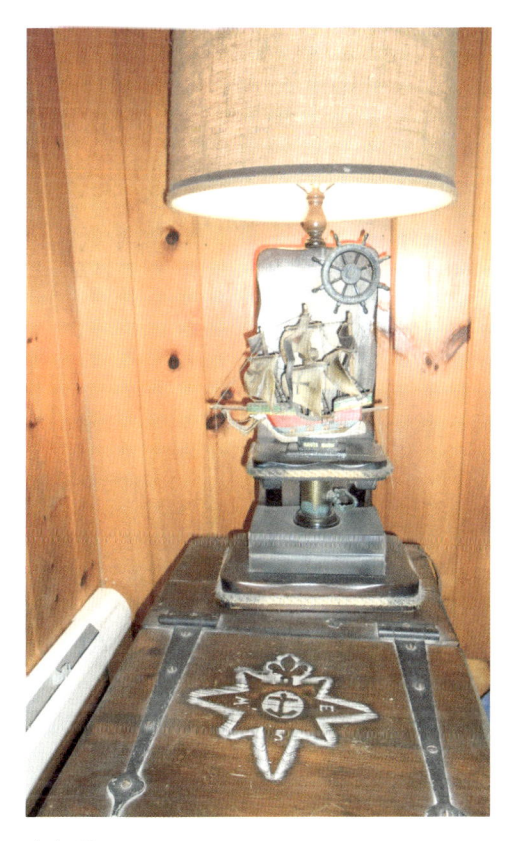

老灯下

租房中的老电话

十六

我喜欢老东西，并不是因为老了，从年轻的时候起就喜欢。我上中学时穿的衣服，同学们都说是"自来旧"。

在一个小镇的书店，看到了一架印第安风格的老风琴，老风琴旁却有一张很现代的椅子。

在某处见到一部老电话。老电话属于男主人，他曾是上个世纪纽约股票交易所的交易员，如今已驾鹤西去，只留下他的老电话让人追忆。

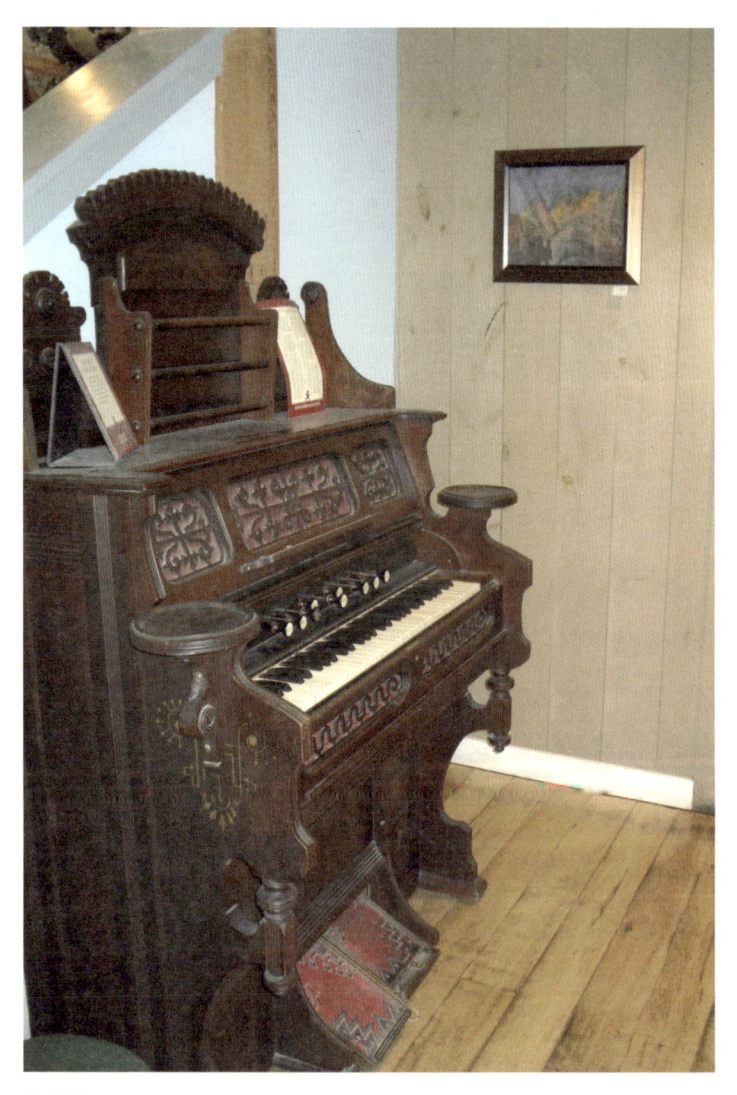

老风琴

老风琴旁的现代椅子

上世纪纽约股票交易所的电话，正面和背面

十七

东欧的大巴或火车,常在树林、灌木、田野中穿行,沿途满眼绿色。最多的树,当是曼妙伤感的白桦树,那是我最喜欢的树。常常觉得自己是个太过坚硬的人,对白桦树的喜爱,或许说明了隐藏在深处的一丝柔软?

火车像是贴着茂密的白桦林行驶,一望无际的田野渐渐远去,我像进入年轻时读过的俄罗斯小说,喜欢过的俄罗斯油画……耳边不时响起那首俄罗斯歌曲《田野》,沉稳、伤感,悠长无尽。

波兰姑娘是美丽的,东欧大多数姑娘都是美丽的,所以眼下国际T台上,走着一个又一个东欧模特。但波兰之行却是伤感之行。是因为忧郁的白桦林和无际的田野,还是因为他们所受的苦难太多?

波兰人大多有一双灰蓝色的眼睛,沉静地打量着这个世界,眼睛的深处却藏着遥远的忧伤。是啊,想想波兰的历史,就能明白他们为什么有这样一双眼睛。

再想想我们的历史,又比波兰幸运多少?

但忧伤和忧伤不同。我们的忧伤似乎是一触即发、雷霆万钧的,不用很多笔墨就能明白。而他们的忧伤是内敛的,一言难尽。

同样是有着悠久历史文化,不用问为什么我们变得浅显易懂,问一九四九年吗?

波兰同样有的可问。

答案很多,有一个答案不用翻译,请看这匹马。

谁能猜出来这是干什么用的

开始我也不明白,这么漂亮的马车和箱子是干吗使的,问了人才知道,它是用来运送垃圾的。用这么漂亮的马车运送垃圾,在咱们这里真是匪夷所思,公交车还没这个水平呢。同样是"老社",可是方方面面显示出不可比的悬殊,可见不完全是"主义"问题,大概还有"底子"问题。我不想继续的长篇,就是关于"底子"问题的。

在华沙,因为理发认识了一位好心人。理发员问我想理什么发式,我说剪短即可。可理发员不懂英语,恰巧这位好心人也在理发,便主动帮我翻译,并告诉我应该付多少小费——比美国便宜太多。之后,她又留了下来,说,也许还有什么需要她帮助的地方。她就是Agnieszka Zebrowska。

理完发我请她喝咖啡,我们聊得很投契,很多观点相近。喝完咖啡,她带我去了老城区。

好心的 Agnieszka Zebrowska

那是一块让人感念杂生的地区。

这里苏军战士纪念碑拐向右后方的那条街，一直保持着二战中的破坏状态。这里是电影《钢琴家》拍摄的原址——货真价实，不用花钱现搭场景了。

街角上这栋每个窗上都封着红色木板的房子，是二战时被焚烧过的遗址。

华沙，第二次世界大战中被焚烧过的楼房

街里的情况更为糟糕。我们顺着这条街一栋又一栋残破的楼走下去,栋栋还是刚刚火烧火燎过的样子,比之街角那栋由政府特意保留的样本,毁坏程度有过之而无不及。

Agnieszka Zebrowska说,政府只愿花钱修理那些主要的、标志性的大道,那是修给国际社会以及旅游者看的,而这里,二战后直到现在几十年过去了,没有翻修过一砖一瓦。过去的老住户还住在这里,再有就是那些穷艺术家,因为这里的房租便宜。我说,如果是我,我也会在这儿租房子,这些楼虽然残破,但品位很高,仔细看,还能看出那些建筑上未被毁尽的精致细节。她说她也喜欢这里,她家就距这里不远……

我们至今还通信,最近她又在维尔纽斯找到一份工作,算是高管,一再请我过去。

可行走在旅途上的人,很少再次光顾同一个地方。如果能"返回",也就能老老实实待在家里了。

在一栋艺术家集中住宿的楼前拱形通道上,她指给我看艺术家们糊墙的旧报纸,那应该算是他们的行为艺术。其中一张报纸上印有"WLODZIMIERZ ILJICZ LENIN",头上被人打了一个大叉。我用的是傻瓜相机,而报纸已经十分陈旧,没能拍出好效果。

我们面对那张老报纸默默地站了一会儿,她没有谈及他的梅毒,也没有谈及他带着德意志帝国的大量钱财,去完成德意志帝国颠覆俄罗斯帝国的使命……至于后来怎么又变成共产主义者,内中缘由一定十分滑稽。仔细想想,真有太多的滑稽。

而面对苏军战士纪念碑,我的感情有些复杂。Agnieszka Zebrowska能不想起卡廷事件吗,且不说苏联对波兰的其他罪行。可英雄主义是没有国界的,既不姓共也不姓资,既不姓苏也不姓波。作为战士,苏军在二战中既为苏联也为世界做出的英勇壮烈的牺牲,永远值得我们追念,尽管在占领柏林后的行为(包括在波兰、在我们东北),和日寇差不离……我把纪念碑四周苏军战士的雕塑拍了下来。有道是男儿有泪不轻弹,我怎么眼中竟含了欲滴不滴的泪?

被打了叉的旧报纸

十八

在一处草丛中发现了这只螳螂。这家伙真够耐心,头天看见它一动不动地等着捕蜜蜂而不是捕蝉,我也不知道怎么拍的,图像居然呈现这种效果。

第二天下了挺大的雨,雨后一看,它还没有挪窝,连姿势都没有改变,而蜜蜂早就没了。难道这螳螂是死的?不然它这是干吗呢?过一天再看,原来它在等"人",是它的孩子还是情人?不得而知。我在拍摄它们的时候,它居然扭过头来,对我怒目而视。而另一只螳螂趴在它身上,则心怀叵测,阴险地看着我。也许这位果真是"情人",因为它很快便消失得无影无踪。基于我的粗浅的昆虫常识,我猜它正在那只对我怒目而视的螳螂的胃里,转化为培育它们未来子女的养料呢。哈哈!

意想不到的效果

一只怒目而视，一只心怀叵测

十九

有些老屋,会在明显的地方标示出建于什么年代,有些却不。

那些没落的老贵族,即便穷到破衣拉撒的地步,吃饭的时候照旧会铺上千疮百孔的桌布,也不屑于向暴发户卑躬屈膝讨一分便宜……这些细节无一不暴露出他们的原貌。所以,即便有些老屋没有标示建筑的年月,但从屋前的拴马环和"照明设备",大致可以料知它们至少建于电灯和汽车发明之前。

老照明设备,供插照明火把之用

老照明设备,供插照明火把之用

老照明设备,供插照明火把之用

老拴马环

二十

虽是小花一朵,可是道理有点深,也许把它们放在一起有些不忍,可那是我们最后都得正视的现实。

招蜂惹蝶的青春

招蜂惹蝶的青春

谁都有过青春,知足吧

凄凉的老境

二十一

这两张图片没什么美感,但有点"意义"。相信至今为止,我知道的人,还没有哪个这么干过。

尽管那天漫天雾雨,十几米外就混沌一片,我和Nelly还是按计划出发,到海拔两千四百六十米的Roque de Los Muchachos去。因为在那个山顶上,有个几乎所有天文学家都想在那里工作的天文台——Mirador de Francese。这样顶尖的天文台,目前世界上只

就是牛!

有两个,另一个在夏威夷。虽然夏威夷天文台的设备同样尖端,但这里未曾污染的大气,令所有的天文学家向往。

山路又陡又窄又滑,只够一辆车通行,多处弯道只有十五度,请看图片上的标牌。

也许因为天气恶劣,一路上只遇见两三辆车,谁愿意在这样的鬼天气出行,太危险了。可 Nelly 是高手,安然无恙地将车开了上去。她说,跟我在一起开车,心里没有一点负担,放松且从容,而和她的男朋友一起开车,压力特大,他总在一旁指点江山不说,还不停地批评她的操作有误……这种乘客有个外号,叫作"后座司机"。

我没有对她说,如此天气、如此路况,我也紧张,可越是在这种危险四伏的时刻,越不能增加她的压力,不然更容易出事。一般来说,我不喜欢给人压力,有时候,给人压力等于是给自己压力。

遗憾的是,到了山上,又是雾又是雨的天气,变成了大雾大雪,而通向天文台的道路关闭,我们只好打道回府。但我还是非常高兴,因为在这样危险恶劣的条件下,Nelly 证明了自己的能力。

道路关闭

二十二

说这里是乱坟岗,一点也不过分,可也一点不瘆人,反而让人禁不住徜徉其间。只消不多时辰,似乎便彻悟了消亡与新生的转换,是如此的理所当然。

还有那些老树的纹理,让人浮想联翩。无论我们经历过什么,也许自尊自爱的我们永远也不会再提起,但都会像它们躯体上的纹理那样,同样深深地刻在生命的过程中,沉默而坚挺。

死亡的树干从来没人收敛,而是任它们腐烂,变成其他树木的养料。如果我们不在这个世界上了,还能像这些死去的树一样为他人做点什么,是不是也不错?

一棵自视甚高的树,据说
入过当地一位漫画家的画

"蛇"缠树

只是有些树上的缠藤,非常特别。见过藤缠树,却没见过这么个缠法,这哪是藤缠树,简直是"蛇"缠树!

在树林里竟然遇到两只小鹿,可惜我的傻瓜相机不顶劲儿。

林中有小鹿

二十三

喜欢希腊,并不是喜欢那些人人趋之若鹜的岛和岛上地中海特色的白色小屋、蓝色的海,那些景点如今已是人山人海,几乎无处下足;而那些景色也只是在岛的沿海部分,再往上走,就是裸露的、没有什么特色的岩石。

喜欢希腊,是喜欢它老而弥坚的味道——尽管破败,依然从容;尽管没有巴黎的浮华,但那断墙残壁间,却处处散发出历史、文化源远流长的气息;奥林匹克新老赛场,又有多少风云流过?着实让人唏嘘。

当年的领奖台

传燃圣火之台

传燃圣火之台

当年的主席台

运动员入场

奥运新赛场

路面上的拼图

希腊的一个小镇上,路面上有许多各色碎石拼出的图案,是路标吗?不像。如果是路标,应该是在十字路口处……人人践踏的路面,都做得如此妙手生花,只有吃饱了撑的的人,才能有这份闲情逸致。他们和葡萄牙人相似,一杯葡萄酒、一块起司、一块面包足矣,然后就坐在沙滩上观赏大海,似乎别无奢求。如此这般,大概才有心思把任人践踏的路面,修理得如此别致吧。

更还有他们的幽默感,看到许多T恤,上面印制的图案,让循规蹈矩的中国人匪夷所思。有一件上印有一男一女相拥热吻的恋人,但那女人的下体,却竖起一筒高炮。难道是人妖?很想买几件送给朋友,但在国内,人们能接受这种幽默吗?

二十四

世间让人喜欢的东西真不少,我当然不会落下,但到不了崇拜的地步。

说起崇拜,反倒和吃喝玩乐无关。比如大海、巨浪、石头、狂风……

崇拜这些东西,也许因为它们给人坚不可摧的印象,可是仔细想想,世上有坚不可摧的物质吗?据说科学家发现了一种叫作"暗物质"的东西,可以摧毁一切,然而一切又是什么呢?

想来最不可摧毁的还是人的意志,人一旦决定为了什么而献身,就是消灭了他或她的肉体,他们当初的决心依然。

狮子与拥抱者的依靠

　　图片中的石头,真像一头狮子依靠在两个拥抱着的动物身旁。另一尊石头,是火山爆发后留在世上的痕迹。还有一尊,让我明白,只有我们不知道的,或说是看不到的,没有不可能的——坚硬的石头,居然如此可靠地呵护着那些无人待见的小草。

遗留在火山爆发之后

巨石呵护下的生命

二十五

这栋老房子地理位置很好,就在如今的火车站对面,当年则是马车道的一侧。

门牌上是老主人的名字。

庭院非常之大,可是人去楼空,所有的房子都荒废着,除了侧门那里还有老主人的一位后人居住。

整栋房子正在拆建,后院已建起一间厂房。院里的老树也被锯掉,一棵棵瘫倒在庭院里,进入二楼的铁门上的那个挂铃,还是我在院子里捡起来挂上去的。我喜欢那些窗,特别是地下室的窗。

老房子,老门牌

老房子侧门

进入二楼的铁门

侧窗

地下室的窗

老主人已经过世，遗下的房产就被子孙们随意处理了。我和他们中的一位谈过，这样的房子改成工厂，是不是有点可惜？他说，没有人愿意照顾这栋老房子了。

那么记忆呢，难道没人想留住在这栋房子里出生、长大、恋爱等等的记忆？

也许我站着说话不嫌腰疼，养这样一栋老房子，需要缴纳的税款、维修的费用、水电的费用、日常的维护打理……很不得了。一位芬兰贵族的后裔说，他不得不把祖上留下来的古堡（那要比这栋房子"贵族"多了，在旅游之国英国，可以见到很多那样的古堡）捐献给国家，因为光遗产费他就付不起。

被砍伐的老树

二十六

两栋老房子都杳无人迹,一栋更是被火焚烧过的样子,沉默无言、认命地待在那里。好在另一栋的街角有个人(似乎在看写在手上的地址),它才显得有些生机。在短暂的时间里,我尽量去接近它们,站在近处,猜想着它们的曾经。自然毫无所获,但又似乎明白了它们的过去,因为凋零是无言的曾经。

焚烧留下的创伤

还算见得生机

二十七

到了一定时候,不管你愿意还是不愿意,都得做减法了。减来减去,我留下了"食"和"游"两样。再过几年,可能游不动也吃不动了,还是赶紧吧。

所以每去一地之前,最先了解的是当地的美食,而不是它的地理历史、名胜古迹。

我的经验是,那些旅游书不算可信,比较稳妥的办法是看哪家饭馆爆满。

这家饭馆却和这个经验无关。我有个毛病,见到不同凡响的房子,常常假装不懂,借故进去,打探地址,或是请教点什么。

这个饭馆,进去之后,乍一看还以为是裁缝铺——迎面扑来一台缝纫机,还有挂在一旁缝制好的连衣裙。

老缝纫机和手风琴

如果是裁缝铺,那这就是为顾客制作的服装了?

149

"表演"式的灶台

柜台和吧台

餐桌

餐橱

菜单挺独特

尽现农村风格

之后才看到所谓的灶台、吧台、餐橱,还有餐桌,菜单挺别致,总之是农村风格。

我平时不怎么看账单,事后清理背包、丢弃那些没用的纸条时才发现,我点的那杯红葡萄酒,菜单上的价格和账单上的价格出入很大。不过我相当阿Q,觉得在那种地方吃顿饭,挨宰也值了。如果在大酒店挨宰,肯定会不自在好几天。

二十八

披萨的故乡在意大利,拿波里又是意大利披萨的发源地,而这个披萨老店,据说是发源地的发源地(真假我不负责,说了这是"据说"),有一百四十年的历史,堪称意大利披萨的老大。

老大果然老大,从不在意自己的容颜,多少年来,不论整不整容,披萨的爱好者照旧前台排队,老大的意思大概就在此吧。

如果你以后到了拿波里,同时又喜欢披萨,这点信息算是我对同好的一点贡献。但所在地区的治安情况不太好,请各位当心自己的钱包。

拿波利一百四十多年的披萨老店

二十九

忘记是在哪里与这个"窗"相遇,叫它"窗"真有点糟践它了。它不是窗,它是一种不动声色的震慑。

不动声色的震慑

三十

一般来说,在一个陌生的城市里走街串巷,很少抬头仰望。那次偶然抬头,只见这位女士,一动不动地探身在半掩的窗帘后面,浑身上下一色的青白,即便光天化日之下,还是吓我一跳。

是艺术家的行为艺术,还是雕塑?如此细致入微的线条和那满是怨尤的眼神,实在不像雕塑。然而窗帘却是凝固的,背景也无真实的通透,想必还是雕塑?

行为艺术还是雕塑？

三十一

这些图片,算是我的摄影创作。

下面的这张,相信是世界上独一无二的图片。冬天来到之前,伐木工人为艺术基金会送来了烧壁炉不可少的木柴。我在楼上不经意地往下一望,就看见这两段被伐木工人特意放在仓库外的树桩。赶紧拿了相机跑下楼去,拍下了这两个世上少有、死到临头也不离不弃的树桩。

说它独一无二,是因为没过两天,树桩就被伐木工人劈成木柴塞进壁炉,化为灰烬了。

举世无双的摄影

西班牙 La Palma 小岛上的海浪

德国Schoeppingen的树林

我以为,各种文化形式中,最不容易广泛传播的大概是绘画。不像文学,世界上那些最好的作家的最好的作品,几乎都能在国内找到译本,能不能进入那些文字的灵魂深处,就看个人的造化了。而绘画,好不容易、大动干戈地从某国搬到国内展出,那搬过来的,却未必是自己喜欢的画家。

所以每到一地,第一件事就是参观当地的美术馆。

最喜欢的是马德里的蒂森博物馆。

东欧一些小城的小美术馆也相当不错,总能在里面看到三几幅很好的画作。

一个博物馆或美术馆的品位,往往决定于初始筹建者的品位,而后由接手者跟进。有些博物馆,比如纽约MOMA博物馆,我总觉得道行还不够,去过几次,展品即便有所更换也不怎么着调,还不如街里的一些小美术馆。在一条小街上的一家小美术馆,我就看到过不少Egon Schiele(埃贡·席勒)的作品,那是我喜欢的画家之一。

冬日的书亭

只好在MOMA找我自己的视点,让它为我服务。这张片子是从MOMA的一侧楼梯,向对面那侧楼梯拍过去的。

纽约MOMA博物馆

三十二

旅途上不尽是赏心悦目的景致,不同风情、文化、美食的享受,肯定会遇到坑蒙拐骗的事,举目无亲的情况下,似乎倍感沮丧。

怎么才能过去那个坎儿?我有一个阿Q式的办法,那就是想想一生中最惨的被坑历史,眼下这些就是小菜一碟。除非你一生顺当,这样的人似乎不多。

还是说说遇见过的好人,给自己加把劲儿,不然还能怎么着?

旅途中遇到的几位店主,在我们的生存环境里,实属于少见。

先说第一位,马泰拉的店主。

意大利人是非常热情的,即便自己不知道的事情,也会勇敢出手。

向几位意大利老头打听旅馆路线,可儿几个不但门儿清,还自告奋勇地带领我前进。

因为到过意大利若干次,心里还算有底:那就是基本没谱。可是面对这样的热情,谁好意思拒绝?只好跟在后面瞎蒙。上上下下翻墙之后,果然不是我要找的旅馆。

眼看天色已晚,他们就有些不好意思。我安慰他们说,别着急,我能找到旅馆。他们才快快离去。

等我摸到这个旅馆时,店主已经打算锁门回家了。

他说:"对不起,单人房间全都订出去了,无法接待。"

我往他接待室里的沙发一坐,说:"我已经累得走不动了,反正你得帮我,不然今晚我就睡在这张沙发上。"

善良的店主,只好打开已经订出去的房间,说是我只能住两天。我也就赖皮赖脸地住下了。

马泰拉旅店的老板和服务员

太喜欢这家旅店的风格：外部建设旧且破败，里面可是另一番天地。可惜我的傻瓜相机照不出效果。

到了我必得离开的时候，赶上周日火车休息，那里只有地方小火车，开起来剧烈地咣当，不是夸张，绝对有一种早晚被咣当出去的感觉。这种小火车还挺牛，逢周末便停运。

老板和女服务员于心不忍，便开车送我到阿拉巴拉巴马，而且只收了相当于出租车费三分之一的钱。到了之后还不放心，向我落脚的旅店一一确认清楚，还要开车送我去旅店。我说，你下午还得接待客人，这一路并不太近，还是尽快回马泰拉吧。阿拉巴拉巴马很小，我下榻的旅店不远，别担心。

我请他们吃过午饭再上路，他们死活不肯，只答应喝杯咖啡。

旅店的洗澡间

第二位店主名叫彼得。

我入住的房间并不朝着景观,对此我不甚在乎,反正白天出去逛,晚上不过睡个觉而已,又不是在这儿过日子。如果凡事都斤斤计较,结果是给自己找不痛快。

第二天有客人离开,彼得马上让我搬入那间朝向景观、有阳台的房间,房租不变。

用咱们的话说,这样的店主整个儿一傻帽!他完全可以不这样做,我反正又没有提出抗议。

之后他还自愿当我的导游——不额外收费,他自豪地对我说,他要带我去的那些地方,连当地的导游都不知道。

如此诚心诚意,不好说不,懵里懵懂地就上了他的汽车。

他先带我去看了有四百年历史的老教堂,就是那个完全木质结构的教堂。时间已是下午,教堂已锁,凑巧有个工作人员开门进去,他暗示我别作声,我们蹑手蹑脚随他而进。

我从来没有见过从里到外都是木质结构的教堂,并惊讶于四百年过去,这些木头居然没有腐朽。想拍张照片,却因懵里懵懂地上了彼得的车,根本没想到带相机。

彼得说回旅馆拿去。我哪好意思那么干,何况他这个导游还是免费的,只推说太麻烦。可他是个说干就干的男人,车一掉头,就开回旅馆,让我去取相机。

全木质结构的教堂

拍完老教堂,他又带我去看了附近所有的景点。的确,这些景点,如果不是他这个"地头蛇"引导,来此旅游的人是永远看不到的。

他告诉我,周边有一百七十九个湖,他带我去看的是六个湖连在一起的景致。他说:"有的湖水深至一百七十五米,有的湖深至一千五百多米。当年拿破仑兵败俄国,从俄国撤退后,曾途经这六个湖。"是否如此,已经无法考证,即便历史果真如此,恐怕也不会如此细节地调查到拿破仑行经的这六个湖吧?

当地景色

拿破仑从俄国撤退途经的六湖之一

之后，我们去了一个老磨坊，磨坊旁边有一个小农具博物馆，可是那天不开放，他打电话给博物馆，看看能不能为远道而来的我网开一面，结果没有联络上。于是带我去看了一棵有千年生命的老树，从树根往上看，居然直到树梢都是空的。

老磨坊

小农具博物馆

店主彼得。当地的千年老树,他自己先钻了进去

最后去看一个涌泉,泉水从一百三十八米深处涌上,有一对老年夫妇,带了两个大水箱来这里取水。他们让我看了景点的英文说明,原来这里的水如天然药物,每天喝一杯,对健康特有好处。一旁的树杈上挂着几个破杯子,他用杯子接了水让我品尝,也没尝出什么特别之处,我只能说:"很好,很好。"

只是林子里的蚊子太大，脖子上被咬了四个大包，不但痒还疼。这里的蚊子不像一般蚊子，咬过之后痒一会儿也就算了，而是一痒好几天。可能是因为它们经常饮用泉水之故？

彼得的旅店还兼营饭馆，饭食味道尚佳，所以生意不错，常常客满，就是提供的菜肴品种少了点。可能因为我穿着一件沾满染料的破T恤，有客人居然还跟我讨论餐厅里挂着的那些画。

我在彼得的旅店停的时间比较长，因为被上个旅店的店主坑了，为争一口气不得不改变旅行日程，提前离开了那里。

每日或是坐在湖畔看飞鸟，看钓鱼的人，看四周的白桦林，或躺在湖畔绿莹莹的草地上看天上的浮云……心中好不宁静！多少年了？差不多六十年，没有过躺在草地上看云朵飘浮的惬意。也不在意有人说什么，即便觉得这个老太太过分，又怎么样了！

经常来访的客人

一个陌生的人,来到一个一辈子也不会想到、来到,而且永远不会再来的陌生之地,是缘分还是什么?

又想,要是一生一世生活在这个小镇,从来没有机会看看外面的世界,还会这样惬意吗?

看别人的生活总是容易的。和旅馆的小姑娘们聊天,她们还羡慕我这种可以走来走去的生活呢。听说我要走了,常常服务我那个桌面的小姑娘还挺伤心的。

临行前一晚,买了一瓶红葡萄酒,约了彼得和他的儿子一起畅饮,算是小小的答谢。

第三位店主名叫Janis。

他的旅店Lielvārdes Osta很可爱,就坐落在从白俄罗斯流过来的道加瓦河(Daugava)边,旅店从内到外皆为原木,没有刷漆,散发着一种木头特有的气味。这是一处为舢板运动人士提供食宿的小店,旅店下面就是舢板爱好者经常光顾的河流,对此旅店小楼左上角有明显的标识。店主还经常为舢板运动爱好者组织party。

Lielvārdes Osta 旅店的前门和舢板的标识

道加瓦河上的风景

餐厅的服务员Uldis Ziedins也很和善、朴实、不势利,搭理或不搭理你都是真诚的。除了向我介绍本地菜式外,还向我介绍一种国酒"Black Balsam"(绝对不是为旅馆推销),这是真正的国酒,也就是老百姓人人都可享受的酒,而不是只有有头有脸的人士才喝得卜的酒。

开始我很受不了那酒呛人的味道,但他们告诉我,这种酒对患有胃病和咳嗽的人大有好处。于是我试着喝,居然喝上了瘾。上瘾之后的问题是,除非回到那里,哪儿也找不到这种酒了。

在那里,还认识了一位从荷兰来的、在此定居的退休记者。他劝我说:"来这里定居吧,景色优美,物价便宜。我租住的公寓两室一厅,家用电器一应俱全,每月房租水电总共两百欧元。我甚至不用做饭,天天来这里就餐,便宜实惠,还能和他们聊天。"这哪里是旅馆,简直就像他一个临时的家。

国酒 Black Balsam

服务员 Uldis 和店主 Janis 的妹妹

  Janis 十分诚实。我一直以为他分给我的那间客房,就是我预订的房间。直到我离开时,他才告诉我,这个房间比我预订的房间小,所以他只能收我二十欧元。

  离开那天,因为班车很早,Janis 还安排他的妹妹送我去长途汽车站。妹妹一早就起来为我准备早饭,其实早上我吃不了多少。走的时候,她执意而真诚地非要送我,我对她说,不用送,我只有一个拖箱和一个背包,而且我喜欢走一走,最后再看看这个地方。

  时间很多,我慢慢地走着,挺好。

  在破旧的大巴站遇到一个老人,随手给我一个小苹果,我谢过他,没有接受那份馈赠。

见我时刻注意来往车辆,他戴上花镜,仔细看了看大巴站外的时刻表,用手比画着说,七点三十一分的车已经走了,下面一趟是八点十七分的。又打开他的手机,让我和朋友或是家人联系,我说我没有家也没有朋友。

当时他正在吃梨,听我这样说,马上又给我三个梨。因为语言不通,他不能和我交谈,我从他的肢体语言得知,那些梨子是他在树下捡的。尽管梨子小得像核桃,我还是愉快地接过了这份特殊的体贴——在他听我说既没有家也没有朋友之后。

他也并不因为给了我那么小,而且还是在地上捡的梨子而不自在,照旧津津有味地吃他的梨。我假说喜欢汽车站墙上的涂鸦,起身拍照,其实是为了留下他的身影,好在照片还算清晰。

给我梨子的老人

在漂泊的旅途上,能遇到如此真诚的心,足矣。

之后,我带着这两份心意,继续独自旅行——这也许是我在路上从未感到过孤单无援的原因。

....

离开这些店主之后,我都给他们写过 E-mail,有的还寄了礼物,可是他们都没有给我回信。在我来说,他们都是我们的生存环境里难得一见的人物;在他们来说,不过是正常的待客之道,根本就没图过回报,所以,走了也就走了。这更让人感触良多。

难以遇到而又如此真诚的注视

三十三

我们无法统计,这一生曾与多少眼睛相对而视,留在记忆中的又有多少?除了至亲至爱,恐怕无几。我的记性尤其不好,常常忘记很多看起来重要的事情,如果没有我的好邻居和女儿帮忙,我不知要丢掉多少文件和忘记多少必须记住的事情。

但有一双眼睛,多年过去,仍让我念念不忘。在我的经验里,很少能遇到与我毫无干系,又如此真诚的注视。

尽管我明白,这多半是我自作多情,但我仍然珍惜。

三十四

这是一个有意思的旅馆,说不清是多少年前的驿站(很多小地方的旅馆都是当年的驿站),这从它的地理位置就可以看出。

店面不知是店主祖上的产业还是他盘下来的,店主显然喜欢与马有关的一切,旅馆人门外的招牌"骏马",包的是真马皮——如假包换,内里塞的什么就不知道了。

旅馆内的各项设施,也尽量保持了驿站的风格。客房外放置了很多怀旧的家什作为装饰,客房内却很现代,不但有吧台,吧台后还有简易的炉灶,如果你想煮个咖啡什么的(竟然不用Mr.Coffee,多么的怀旧)。简易炉灶后面是宽大的洗澡间。

用作招牌的"骏马",包的是真马皮

客房外很简陋,室内却有吧台。吧台后是炉灶,炉灶后是洗澡间

旅馆内院

客房外

早餐桌

室外餐厅

旅馆外

住店的人不多,店主似乎也没有煞费苦心地经营,并不打算以此挣大钱。但人来人往很是热闹,好像是这个小城的文艺中心,几乎每晚都有表演:音乐、舞蹈、话剧……住店的旅客倒是可以免费观看,就是一直吵闹到很晚。

是啊,想开了也是乐,人生苦短,乐和就行。

我很佩服自己,居然找到这么一家旅馆。早上坐在满是车轮的院子里喝咖啡,真是别有韵味。

三十五　往左扭扭头,往右扭扭头

有人说,在意大利往左扭扭头,就能看见两千年前的一个什么东西躺在那儿;往右扭扭头,又能看见三千年前的一个什么东西戳在那儿……

的确如此。本来是去酒庄,汽车随便一开,就经过了一处三千年前的贵族群墓。意大利贵族的墓地,可比咱们贵族的墓地差远了——是美学趣味的不同,还是人家早想明白了:死后原知万事空,还是趁活着的时候尽情享乐?

三千年前,谁曾坐过这条石凳?

三千年前贵族的群墓

三千年前贵族的群墓

我选了一处墓穴,进去逛了逛

三十六　别瞧不上那些废铜烂铁

人说:有些艺术家是疯子。我不认为这是贬义的话,反而理解为他们有超出常人的感觉、思维、悟性……比如那些废铜烂铁,在他们手里,就变成了这些艺术品。当然,你可以不喜欢这种口味,可也不得不承认自己绝不会想到这么干。

有时难免崇拜那些"疯子"艺术家,谁知道他们什么时候创造出让人眼睛一亮的神奇。他们的感悟,是咱们感悟不到的,自然也无从表达,即便悟到,恐怕也表达不出来。我觉得是上帝给了他们与众不同的眼睛,与众不同的心魂。

认识几位艺术家,他们的生活是极简单的。但简单的物质生活,不等于简单的精神生活。

在艺术家手里,废铜烂铁都变成了艺术品

在艺术家手里,废铜烂铁都变成了艺术品

在艺术家手里,废铜烂铁都变成了艺术品

联想到自己,年轻时也曾追逐虚华,但渐渐就知道了,精神上的富有,才是最真实的富有。于是把身外之物全送人了,只剩两张桌子、几把椅子、一张床和一个书架了。空空如也谈不上,但宽敞的感觉着实让人轻松。

戴着地摊上买的三十块钱的手表走遍天下,大摇大摆地参加国际会议,进出会议提供的五星酒店……有什么?不就是看时间吗,省下那些钱我还旅行呢!尽管因为穿着太破,被那些只识金镶玉的眼睛怠慢,可我一点也不气,看着那些只识金镶玉们真像看一种稀有的动物,谁说不是一乐?

三十七

这三张照片,摄于学生们完成宗教课程后的庆典宴会,宴会相当隆重。

宗教课程结束后的宴会厅

宴会上的十字架蛋糕

宴会桌上的装饰

根据父母的意愿,他们在学校必须选修宗教课程。这课程延续多年,到青少年时期结束。

我始终认为,这是父母对孩子的强制。父母信仰宗教,不等于孩子们也必须信仰。可是孩子没有选择权,而且我知道多数孩子并不喜欢宗教课。所以我悄悄地对那两个孩子说:"祝贺你们终于不必再上宗教课了。"他们听了,会心一笑。

我确信,在一个自由民主越来越成熟、生存环境越来越无忧的社会里,信仰宗教的人将越来越少。

三十八

对中国已经进入世界强国这个说法，我总是很难信服，可有时又不免犹豫，要不要接受它。常常旅行在外，回国时总想带些礼物送给朋友。贵的咱买不起，买得起的几乎全是 Made in China，那简直是铺天盖地。就像有人说的，凡是有麻雀的地方，就有中国人。我改一下，凡是有麻雀的地方，就有 Made in China。这时还真不能不信，咱已进入世界强国。

叫你说，千里迢迢带回来个 Made in China 算怎么回事？人家没准儿会想，你这是不是在北京买个地摊货，假装是从国外特意带回来的礼物？

不过这张照片,向毛主席保证:绝对不是 Made in China 的雾霾,而是一个阴雨天,另外一张照片才是人家的日常景象。

阴雨天气

晴朗的天空

　　我真不服气,他奶奶的,凭什么他们那儿就有那么清朗的景象,不会是山寨版的吧？之所以怀疑它是山寨版,是因为不相信世上竟然有这么美的事儿。

三十九

光线是色彩的生命。所以雷诺阿在他的绘画中,十分强调光线与色彩的关系,不过我觉得他有时强调得过分,反倒有了"甜腻"的感觉。分寸感真是难以掌控的一件事。

既然觉得人家过分,又何必在下面这些片子里,也来试一把?是恶作剧心理,还是自我膨胀?

也许脾性如此!从小就什么都想试一把,包括写作,也喜欢打一枪换一个窝。所以有些评论家认为我的创作难以归类,即便不与他人归类,纵观我自己的作品,也是忽而东,忽而西,难有确定的风格,不过这正是我所追求的。我常常觉得,"风格"未必是一件好事,它难道不是另一种"画地为牢"吗?

光影

四十

今年的气候有如抽风,今天热得只穿一件衬衣,明天冷得重新穿上棉袄。正是:冷得来冷得冰凌里卧,热得来热得蒸锅上坐。对于人类的造孽与不敬,大自然渐渐显出它的威风。不过还算客气,它没有像传言所说,在某日将人类毁灭。即便昨日风和日丽,今日雪上加霜,至少有些地方还没有窦娥冤的六月雪——有些地方而已。

昨天还是和风细雨,今天一早却是瑞雪满枝头。

幸亏不是窦娥的六月雪

幸亏不是窦娥的六月雪

幸亏不是窦娥的六月雪

四十一

也许是因为写小说的缘故,也许是因为我从没打算成为一个摄影家的缘故,我所有的拍摄,只是对旅途中那些触动我的事或物的记录。

可正是因为写小说的缘故,对细节一贯兴味盎然。

看到有些摄影大师的杰作,高山仰止之情油然而生。由于对他们作品的热爱,希望他们好上加好,我不得不再犯口无遮拦的毛病,那就是他们的作品的美中不足——题材的雷同和重复。这是小说创作的忌讳,也是摄影创作的忌讳,说白了,是所有事业人的忌讳。

重复是没有出头之日的,如同那句名言:第一个把女人比作花的人是天才,第二个、第三个把女人比作花的人……不说了,你懂的。

所以不但在创作中,也包括其他方面,我努力避免与他人、与自己的重复。但因才分、修养有限,还是难以跳出窠臼,不过那是我终生为之奋斗的目标。

因此,我在旅途中常常被"细节"吸引。但正像我的小说那样,我感兴趣的,或许正是读者厌恶甚至误解的。比如《无字》,常常被人,甚至是高人解读为有关女人家长里短的书,反倒是意大利读者,明白我在书中想要表达的"心思"。

又比如我的第二"职业"——绘画。

多次往返意大利,最喜欢托斯卡纳的乡间风景,可是托斯卡纳的乡间被世界上无数画家、摄影家,拍摄得、绘画了一个溜够,还有什么余地能让我这个二把刀都算不上的"画家"施展呢?

冥思苦想后才想到一个办法,而且不能算成功。我明白,我还得为我喜欢的托斯卡纳乡间风景继续努力。

下面的图片，一张拍于西班牙一个岛子，那是海盐的生产地。另一张卖点关子，猜猜看那是什么？你要是猜中了，肯定会骂我一句：什么品位！

地中海的盐滩

猜一猜这是干什么用的

结束语

年轻时看过一部南斯拉夫电影,不但名字忘记了,电影的内容也忘记了。但里面的插曲,却牢牢地印在记忆里。有些事物被我们无意中牢记,总有它的道理。

歌词是这样的——啊朋友,再见!啊朋友,再见!啊朋友,再见吧,再见吧,再见吧!如果我在战斗中死去,请把我埋葬在山岗。

我能不能改句歌词?

如果我在流浪中死去,请把我埋葬在山岗。